電車と青春

21文字のメッセージ２０１５

～涙・初恋～

出発進行！

写真撮影・谷本武弘

石坂青春号
2015

電車と青春
21文字のメッセージ2015
～涙・初恋～

もくじ

目次

石坂線とは

石坂線（正式名称…石山坂本線）は、大津電車軌道株式会社により大正2（1913）年3月1日大津（現・浜大津）―膳所（現・膳所本町）間が開業したのが始まりです。その後、昭和2（1927）年1月21日には太湖汽船株式会社を合併（琵琶湖鉄道汽船株式会社を設立）するなど順次路線を延ばしていき、昭和2年9月10日現在の姿である坂本―螢谷（現・石山寺）間が開通しました。そして、昭和4年4月11日京阪電気鉄道株式会社に合併しています。

終端の坂本―石山寺間14・1㎞を、片道30分余りで運行。現在の利用者は一日3万数千人。朝夕は通勤通学の足として、昼間は沿線市民のかけがえのない足として、2両編成の各駅停車の小型電車がコトコトと走っています。

地元では、「いしざか線」「いっさか線」と親しげに呼ばれていて、電車が走るまちにしかない風景、匂いは、人々の心にいつまでも残っています。まちの名脇役である電車、次はあなたのどんな場面で登場するのでしょうか。

608
KEIHAN
電車と青春
21文字のメッセージ

電車と青春　21文字のメッセージ

概　要　電車にまつわる青春時代の思い出は、誰の心にも強く残っています。そんな思いを全国から募集して1冊の本にまとめました。入賞作品は、琵琶湖畔を〝ことこと行く〟かわいい電車に載せて、町中《まちなか》を走るのが〝ごほうび〟という楽しい企画です。

応募総数　5048点(北海道から沖縄まで47都道府県、韓国・フィンランド・シンガポール・アメリカ)

応募内容　ハガキ（1537点）
FAX　（215点）
メール（3296点）

選考経過　。数次の審査を経て入選100作品を選定
。最終審査員の俵万智さんが、最優秀賞(石坂洋次郎青春賞)1点、優秀賞(初恋賞・さわやか賞・MAKE YOUR SMILE!賞）3点、入賞96点を選定

石坂洋次郎青春賞

「青春」と「石坂線」にちなみ、「電車と青春 21文字のメッセージ」の最優秀賞を、関係各位のご理解とご協力により「石坂洋次郎青春賞」といたしました。

石坂洋次郎氏（1900〜1986）
小説家。青森県弘前市生まれ。慶應義塾大学卒。代表作「青い山脈」が映画化され大ブームとなる。他に「若い人」「陽のあたる坂道」「光る海」など青春文学の数々を書き記した。1966年菊池寛賞受賞。

最優秀作品　石坂洋次郎青春賞

電車が少し揺れる
二人の鞄がそっとキスをする

竹内　喜一（37歳　大阪府）

石坂洋次郎青春賞

電車の揺れによるハプニングのなかでも、際だっていた作品です。鞄が触れ合うことを「キス」ととらえた瞬間に、どきどきしてしまいますね。作者のどきどきを共感できるところが、大きな魅力です。

（俵 万智）

優秀作品　初恋賞

最後の定期
君と会える有効期限

ゆうこ（61歳　滋賀県）

初恋賞

やがてこの定期を使わなくなり、別の生活が始まるのでしょう。「有効期限」という表現が秀逸で、電車でしか会えない関係だということがわかり、切なさが伝わってきます。（俵 万智）

優秀作品　さわやか賞

貴女が下車する一分前
喉元に好きが込み上げる

茂木　意（17歳　山形県）

さわやか賞

「込み上げる」という動詞が効いていま す。どうしようもなく思いが湧いてくる のを、なんとか理性で押しとどめている 感じですね。「好きが」という粗削りな表 現も、かえって初々しくていいと思いま した。

（俵 万智）

優秀作品　MAKE YOUR SMILE!賞

話したい
君の友達降りてくれ

中村　泰基（21歳　千葉県）

MAKE YOUR SMILE!賞

心の叫びなのでしょう。思わず笑ってしまいましたが、作者は真剣そのもの。「たい」という願望や「くれ」という懇願が、切実さを盛り上げています。（俵 万智）

京阪石坂線　21駅　14.1㎞

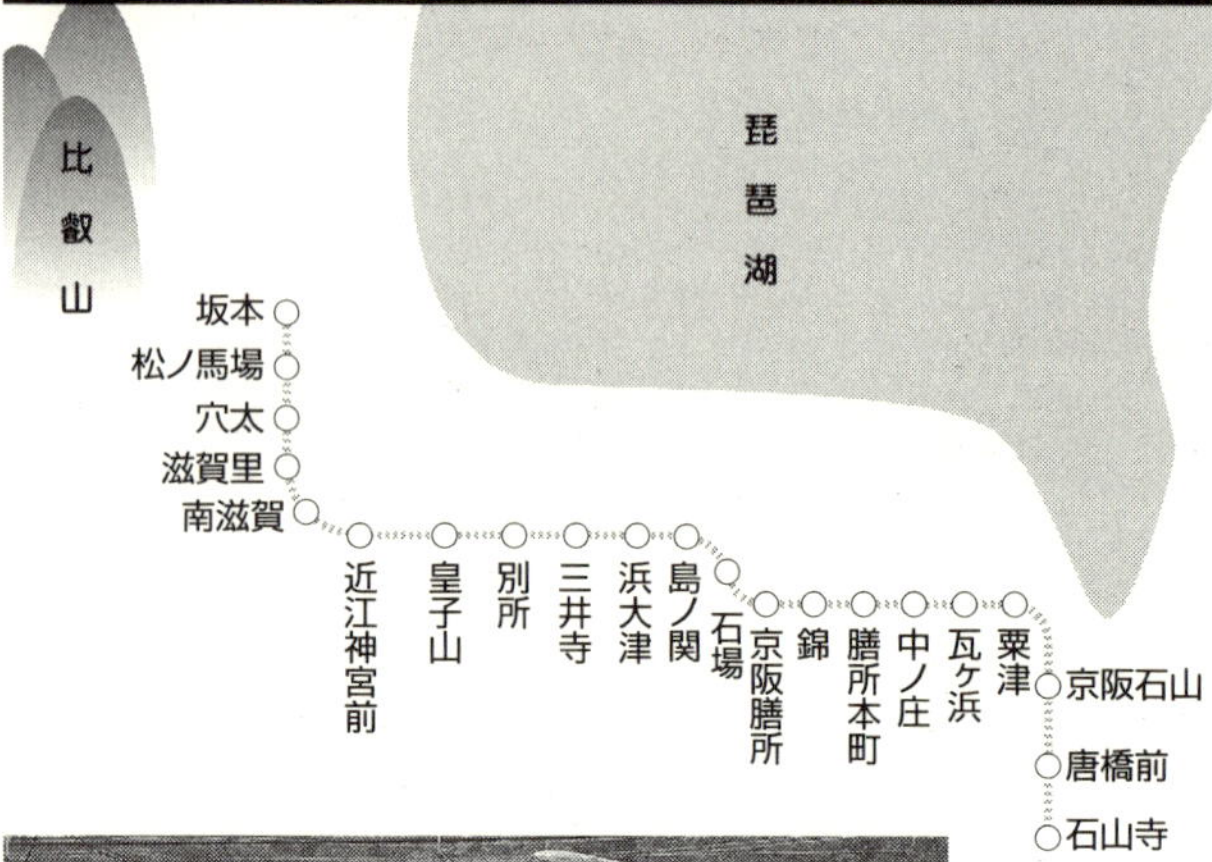

入賞作品

貴方が降りる駅のホームに
右足だけ触れてみる

天原　椿

（大阪府　24歳）

メールより
ホームで会いたい女心

アリス

（大阪府　29歳）

どの電車に乗れば、
再び君に会えるんだろう。

植條　美穂

（三重県　37歳）

君が乗る駅まで
心でカウントダウン

江本　豊美

（愛知県　44歳）

里帰り　電車から見える景色
懐かしくて涙溢れる

クナナン　ベンザ　マーク
（三重県　17歳）

人混みのプラットホーム
君探しが1日の始まり

権田　華恋

（群馬都　17歳）

月曜日。
やっと改札であなたに会える。

坂田　光輝

（佐賀県　24歳）

路線図よりも
そろそろ君に　詳しくなりたい

高砂　拓真

（東京都　19歳）

君がいた座席に
日差しだけが座る春

高橋　勇貴

（三重県　25歳）

イヤホンからの音漏れを、
耳を凝らして聴く私

竹ノ内　希衣

（千葉都　26歳）

家なら泣いていた。
電車だから我慢できた。

田中　智幸

（大阪府　26歳）

ダイヤ通りの僕の日常
乱す君が乗ってくる

永井　一樹

（兵庫県　37歳）

恋をして　どれくらい
のりこし代を払っただろう

野田　侑希

（大阪府　23歳）

朝、二駅がもどかしい
夕、二駅がもの悲しい

高玉

（愛知県　23歳）

日曜日。
見慣れぬ君にハッとする。

はらまき

（神奈川県　37歳）

つり革に
手が届くころに恋を知る。

ひとり。

（香川県　17歳）

髪白くなったね。
踏切の向こうに青春の君。

藤田　陽子

（滋賀県　58歳）

お元気ですか？
いま、あの日の駅にいます。

古居　香保里

（千葉県　29歳）

あの晩、いつもの駅で
降りなかった、今の妻。

星崎　涼一

（大阪府　28歳）

一本早い電車に変えた。
さよなら、初恋。

愛美

（大阪府　20歳）

審査風景の中から

　最終審査員は俵万智さんにお願いしていますが、それまでの数次の審査は地域の有識者の方たちにお願いしています。その感想の中からご紹介します。

★審査しているうち、高校時代、通学に使っていたチンチン電車の車内で、好きな女の子と一緒になったときのドキドキが鮮やかによみがえってきました。青春の思い出って、年齢や性別、時代を越えて共通のものなんですね。　（ＮＨＫ大津放送局長　赤木俊夫）

★青春は世代を超え、今年も電車で甦った。応募作を読んで、ああ、一緒一緒！、そうや、そうやった！　審査で青春再び、今年も若返った。　（滋賀県文化振興事業団理事長　岸野洋）

★青春も恋も新しいテーマではないですが、新しいアプローチはできます。新しい言葉を創ることは難しいですが、新しい言葉の組み合わせを創ることは難しくありません。そこに新鮮な共感が生まれます。そんなメッセージを選びました。

（元広告クリエーター、大学教員　藤澤武夫）

★初めて審査に参加しました。ありふれた情景に隠された大切な瞬間を、みずみずしく表現している作品がたくさんありました。電車は人生を運んでいる。読みながら、しみじみとそう感じました。

（毎日新聞大津支局長　森野茂生）

★今年は初めて「涙」というテーマも加わり、失恋メッセージのオンパレードかと予想も、意外と少なく、泣いてた自分は希少な人間だったのかと考えさせられる審査でした。これからもご投稿よろしくお願い申し上げます！　（大津パルコ店長　山口晃司）

★卒業式が近い時期ということもあるのか、「電車と青春」をテーマにした句を多数読ませていただき、改めて「電車には世代をこえた青春があるのだな…」と感じさせられます。似たような作品もあるように思いますので、今後の作品にも期待したいと思い ます。

（滋賀リビング新聞社副編集長　山本和子）

入選作品

同じ出発駅なのに、
こころ引き裂く逆向き列車

akisos

（兵庫県　25歳）

一駅分歩いた。
降りる駅一緒って言いたくて。

朝宮夕

（愛知県　23歳）

通学電車で恋に落ち
家族となって君と乗る

明日の風

（埼玉県　43歳）

一人だと長い　二人だと短い
同じ距離なのに

あずま

（京都府　21歳）

これからは　見送らず
見送られず　一緒に降りる駅

足立　有希
（兵庫県　39歳）

モテる彼
同じ車両は　恋の嵐

阿部　奈津紀
（宮城県　46歳）

改札で前髪を直す癖、
キミが私に残した忘れ物

あやぬぅ

（京都府　20歳）

そわそわ。ふわふわ。
君がいる車両は少し苦手

井口　彩織

（群馬県　17歳）

混んでても
君だけ見える魔法の目

十六夜

（神奈川県　55歳）

譲れない一両目のココ
君の横顔絶景ポイント

磯江　智美

（兵庫県　42歳）

泣き顔に頑張れよって
誰かが背を押す満員電車

板木　重人

（大阪府　46歳）

入学式　車内に二人同じ服
乗車を重ね近付いてく

井上　雄基

（大阪府　20歳）

君の肩は覚えてますか？
寝たふりの私の想いを

及川　廣子

（東京都　67歳）

譲った席へ初恋のきみ。
そっかママになるんだ

おーちゃん

（長崎県　45歳）

前髪と両膝正す。
次は、あなたの駅。

岡田　千明（愛知県　26歳）

雨粒が車窓をつたう
きっとまた会えるからと

岡良　まりこ（大阪府　30歳）

発車ベルが消した僕の声に
君は笑顔で返事した

小川　亜沙子
（岐阜県　45歳）

出発の朝
見送る母の涙　頬つたう

奥川　美和
（和歌山県　43歳）

発車のベルと共に
ひとつ大人になった別れの日

小倉　摩衣子

（滋賀県　31歳）

「定期落としたよ」。
僕の心も一緒に落ちてる

小田部　孝大

（高知県　22歳）

目が合うの。
でも貴方と私じゃ意味が違うね。

小野　茉琴
（滋賀県　14歳）

満員電車でも
君の声だけ聞こえる　僕の耳

加藤　弘史
（東京都　57歳）

同じ車両の君とのきっかけ
探し続けた三年間

刈谷　なお
（岐阜県　23歳）

1年経ち　君の居ない2両目
先輩だったんだね

川口　亜里実
（神奈川県　21歳）

好き　次の駅で言う
そう決めてもう何駅目

河本　風音（滋賀県　15歳）

車窓に映る君にになら
素直に気持ち言えるのに

菊池　葉（徳島県　28歳）

『恋なんて』が
『好きなのに』に変わった駅

木曽　雄大（神奈川県　29歳）

右へ大きく曲がる度
前の車両の君を見る

紀　貴之（神奈川県　41歳）

片想いの先輩と
色違いの定期入れは思い出宝物

木村　真由美（滋賀県　28歳）

車窓に映る自分と目が合った。
…泣いてるの？

小坂　貴子（和歌山県　58歳）

席を譲る優しい君に、
譲れない私の心。

粉

（熊本県　15歳）

逢いに来たよ　一駅ごとに
貴方の訛りに近くなる

紺野　美紗

（福島県　37歳）

釣り革に
少し距離ある　初デート

佐酒井　具視（東京都　40歳）

同じ時間　同じ駅
ぜんぶ偶然じゃない　予習済み

酒井　麻里央（兵庫県　29歳）

君の笑顔待ちが1人いるから
乗り損ねないでね

佐久間　香帆（福島県　18歳）

泣くのは電車降りるまで
次に進むと決めたから

貞弘　友里愛（宮崎県　20歳）

揺れた時
君の手がぐっと掴んだ　ハートごと

柴田　幸子（京都府　39歳）

一粒のキャラメル溶けて君の駅

柴橋　弘喜（埼玉県　52歳）

大好きと伝えた帰り
電車で見たごめんのメール

鈴木　香津葉

（愛知県　17歳）

夫似の青年に席を譲られた結婚記念日

セロリ

（栃木県　51歳）

来ないでと
あなたと待ってる　最終電車

そら

（宮城県　39歳）

君の降りる駅
吊り革が駄々をこねて体を揺らす

竹中　健太

（大阪府　21歳）

あなたの最寄り駅だけ
外を見る癖がつきました

立花　悠生

（千葉県　21歳）

背を向けて本は読むふり
全神経は君に向け

たんぽぽ

（東京都　56歳）

満員電車でのかくれんぼは、
いつも私が鬼。

月館　陽香

（滋賀県　14歳）

好き。
車内の雑音に負けるように、小さく。

土橋　優樹

（大阪府　20歳）

定期の名前
素早く読み取る私の動体視力

角森　玲子（島根県　46歳）

ほら見て！と　車窓の花火　涙止む

徳田　なつき（京都府　31歳）

繋ぎたかった手は、
つり革で我慢してやる！

富永　綾花

（東京等　22歳）

嬉しかった
窓に映った初めてのツーショット

永田　智子

（東京都　32歳）

車窓に映る私は、
あなたの瞳に映らない。

中道　一浩（三重県　43歳）

君の右耳僕の左耳
ＢＧＭは君の好きな曲ばかり

中村　紗矢香（京都府　29歳）

音漏れしている私の心音
同じ車両の彼のせい

中山　まどか（東京都　29歳）

電車の手すりくらい
君に頼られてみたい

なな（埼玉県　41歳）

きみの席、端っこだって
僕の瞳のド真ん中

忽滑谷　三枝子（群馬県　57歳）

ホームですれ違う度
胸の音がばれる気がした

長谷川　誠（島根県　31歳）

どうしよう、君の涙で運転見合わせ

服部　達明

（愛知県　17歳）

約束しなくても会えた
いつもの電車の2両目で

原　真紀

（東京都　28歳）

初デート
君の駅からの時間も測る予行演習

原　有子
（東京都　58歳）

喜びも哀しみも
レールの上で右往左往

番場　光
（東京都　44歳）

憧れの　先輩見る席　争奪戦

日高　貴子

（三重県　38歳）

改札口、君から　おはよう
今日も一日上手くいく

藤井　尋子

（滋賀県　13歳）

欲しいのは一つ。
君の隣りに座る勇気。

藤田　美和（静岡県　32歳）

冬の駅
「おはよう」ひとつ　春がきた

古川　やす子（京都府　52歳）

1：9　単語帳と君へ　視線の割合

ホオヅエ

（神奈川県　19歳）

靴の色だけ覚えてる
足下を見るだけだった恋

堀江　寛子

（岐阜県　38歳）

隣で揺れる君の横顔が大人びて
寂しい卒業電車

本多　友美子

（滋賀県　39歳）

乗り越して君と歩いた隣り町

松川　涙紅

（埼玉県　79歳）

電車で会う度。
口でおはよう。心で好きです。

満川　悦朗

（静岡県　53歳）

初恋の君が乗る駅　イヤホン外す

村田　千賀子

（東京都　45歳）

電車がやさしく揺れるたび
君を支える夢を見る

ものくる

（東京都　46歳）

打ち破れた君への思い
この車両に置いていこう

保井　一真

（滋賀県　16歳）

電車を待つ
あなたの視線の先に私はいますか？

山口　志保
（埼玉県　35歳）

座らないのは
少しでも君に覚えてほしくて。

山田　彩月
（滋賀県　15歳）

ドア開き
今日こそ言うんだ「おはよう」と

吉田　未有
（滋賀県　14歳）

恋ってなんだろう？
電車の中では哲学者。

レッドスター
（東京都　21歳）

応募作品アラカルト

青春メッセージと学校

もともと沿線には学校が多いことで知られる京阪石坂線。クラス単位など、授業の一環として取り上げられることが2007年2回目の募集あたりから出てきました。3年前にNHK大津放送局の地域発ドラマ「石坂線物語」として、このメッセージ作品が脚本の題材に使われ、全国にも放映されました。このことで沿線の学校から一層多数の応募があり、日々電車に親しんでいる若者だからこそのみずみずしい感性から、多くの入選作品が生まれました。今年はさらに全国から、学校としての応募が広がっています。「授業で取り組みました」と定時制高校の担任の先生から、「クラブ活動の一環として応募しました」と担当の先生からなど、コメントを添えて、茶色の封筒でずっしりとした応募作品の束が届きます。その中には、先生の作品も交じっているものもありました。中高生ならではですが、鉛筆書きが大半で作品には消しゴムの跡がいっぱい。机の前で推敲している学生服姿が目に浮かびます。

今回のテーマは「涙」・「初恋」。「涙」がテーマの作品は、「電車だから我慢できた」、反対に「泣くのは電車降りるまで」「車窓の花火に目をやって涙を止める」など、電車という空間、時間がひとつの別世界・結界を構成していて、電車は気持ちを切り替える特殊な装置なのではと思います。常にテーマとしている「初恋」の作品は、やはり圧倒的多数を占めます。「おはよう」＝「初恋」と言えることも多いようです。その時代、初恋の相手に「おはよう」と言うことにどれだけの勇気が必要だったかと、自分の青春時代もしみじみ思い出します。「おはよう」のほかに「さよなら」「お元気ですか」「ほら、見て!」など、何気ないこの一言にも初恋時代は勇気のいるものなのでしょうね。

「初恋」をテーマにして9回目。数百の初恋ドラマを見てきました。きっかけづくりとして、言葉と並び気持ちを託す小道具。この9年間で、以前は多くあった伝言板や駅の電話等姿を消したものもありますが、つり革、車窓、ホーム等は変わりません。定期入れ、落し物・忘れ物もきっかけの要素です。今回の受賞作品「電車が少し揺れる　二人の鞄がそっとキスをする」「電車の手すりくらい　君に頼られてみたい」は、鞄や手すりなど小道具にはまるでそこに顔があるようですね。

「石坂洋次郎青春賞」という昭和の青春文学巨匠のお名前を冠に掲げたこの事業、当初は応募手段として郵便が多く、応募者も若者世代と60代以上に二つの山があるという特殊な形でした。初めてWeb上に専用の投稿サイトを設けたこともあり、5000作品を超える応募となった今回は、メールでの応募が6割以上となり、応募者も10、20歳代が半数を占めています。年齢層も広がり、最高齢90歳、最年少が7歳でした。応募者の地域としては、学校単位で届けていただくことからか地元の滋賀が最多ですが、首都圏が多く、Webのお陰で海外の応募も増えています。アメリカ、韓国、シンガポール、フィンランドなど、滞在されている日本人のほか、現地の方からの投稿もありました。

年齢・時代に関わらず、みんなが「思い出を大切にできることって、いいなあ〜」。

総評

俵　万智

人の数だけ、そして電車の数だけ恋がある……そんな印象を受けるほど、さまざまな恋愛模様が、今年も届けられました。昨年につづき、若い人の健闘が目立ちましたが、年配のかたの言葉の工夫にも注目させられました。

俵　万智（たわら　まち）

早稲田大学卒。1986年、作品「八月の朝」で第32回角川短歌賞受賞。1987年、第一歌集「サラダ記念日」を出版、ベストセラーとなる。

翌年、「サラダ記念日」で第32回現代歌人協会賞受賞。2004年 評論「愛する源氏物語」で第14回紫式部文学賞受賞。第四歌集「プーさんの鼻」で2006年 第11回若山牧水賞受賞。歌集の他、小説、エッセイなど著書多数。最新刊は、「かえるの竹取ものがたり」（福音館書店）、「旅の人、島の人」（ハモニカブックス）

あとがき

　2006年来「地域に愛され信頼される鉄道でありたい」がモットーの京阪電車大津鉄道部と、「青春路線と言える石坂線を活かして、まちづくりに貢献したい」との私たちの思いが一致し、パートナーシップを組んでこの事業が始まり、来年10周年を迎えます。当初は、単発イベントとしての企画でした。しかし、思いもかけず全国から反響があり、京阪電車や協賛企業のご協力を得、市民活動として手づくりで事業を継続してきました。この間には大震災、重なる政権交代、3回のオリンピックもありました。

　振り返ると…折しも2011年3月の大震災は、この石坂青春号が走行している時期でした。往時東北を中心に物流網が寸断されていたため、被災地に居住されている受賞者の方々への賞品配送が終わったのは、4月も後半になっていました。受け取った方々から「避難所でみんなで分け合って頂きました」「ろうそくの灯りの下、家族で久方ぶりのディナー（近江牛のカレー）

感謝！」などのコメントと共に、「初恋がテーマの、心が和むこの募集ずっと続けてください」とのメッセージもいただき、私たち自身が励ましていただきました。毎年応募いただく高齢の方からも「考えることで元気になるこの活動続けてくださいね」というエールをいただきます。

「人の数だけ、電車の数だけ恋がある」と今回の講評でも俵さんが述べられていますが、まさにそんな感じでこれまで9年間で2万数千もの電車にちなんだ物語が集まったといえます。初恋は、一人ひとりにとって「宝物である思い出」、相手の一挙一動が自分のドキンドキンと連動する、まさに生きるエネルギー製造源でもあります。年々漸増ではありますが応募数が増え、第1回の約2300から今回は5000作品を超える応募数となっています。

資金面の後ろ盾があるわけではない市民活動ゆえ、来年の10周年をきっかけに幅広い方々から応援（協賛）いただき、今後も長く継続していけるよう有志で実行委員会（電車と青春21文字プロジェクト）を立ち上げました。そして、今回より応援いただいた方のお名前をこの本に掲載すると共に、本をお届けすることとしました。寄付文化に対して知識のない私たちですが、趣旨に賛同いただいた方々と、元気を生み出せるこの活動をこれからも続けていきたいと考えています。

時間は誰にでも平等に与えられるもので、一刻いっこくが2度と体験できないものです。初恋だけではなく、この9年間の作品の中には「思わずありがとうと言いたくなるいい話」もちりばめられています。「初恋」という、みんなが体験し、心や表情が和らぐ題材を冠にするこの事業。ありふれた言葉ですが「継続は力なり」。是非とも多くの方に賛同いただける活動を続けていけますよう、応援をお願いしたいと願っております。

2015年3月

石坂線21駅の顔づくりグループ

福井美知子

第10回　電車と青春　21文字のメッセージ2016

募集について

内容が決まりましたら、ホームページ
http://densyatoseisyun21.com/ で紹介していきます。
10周年記念事業の告知もHPで行います。

※**石坂線21駅の顔づくりグループ**…京阪電鉄石坂線は14・1㎞の区間に21の駅があり、20校近くの中・高・大学の最寄り駅となっている通学路線。2003年より沿線各校・団体の作品掲示板を駅に設置したり、電車を使った文化祭を開催するなど、市民の足である電車を活かしたコミュニケーションづくりの活動を行っています。

●今年の青春メッセージ入賞作品を掲示した電車（石坂青春号）は、2015年3月2日から3月29日まで石山坂本線を運行。

●びわ湖ホールロビーコンサート（石坂青春号コラボ企画）観覧無料　2015年3月28日開催

●この取り組みは、NPOと企業の協働事業を評価する「第5回パートナーシップ大賞」グランプリを受賞（2007年）。全国の優れた地域活動を表彰する「あしたのまち・くらしづくり活動部門で内閣官房長官賞」受賞（2008年）

応援団　募集

このたび実行委員会を立ち上げ、これからも応援（協賛）いただける方を募集しています。

- **金　額**：2100円（1口）　※1口以上をお願いします。
- **振込先**：電車と青春21文字プロジェクト
  郵便振替番号：00900―4―174443
- 応援いただいた方のお名前を、当該年の作品集「電車と青春21文字のメッセージ」に掲載し、その本をお届けします。
- 詳しくは、電車と青春21文字プロジェクトホームページをご覧ください。
  URL：http://densyatoseisyun21.com/
- **お問い合わせ先**：080―2444―3359（担当：福井）

電車と青春21文字プロジェクト 応援団の皆さま（50音順）

赤木俊夫　尼田賢光　乾浩一
上野竜二　梅沢郁子　小川酒店
おで湖　神之口令子　喜多一仁
北田敦士　木村浩一　木村みどり
鞍留哲也　黒田昌宏　佐々木正宏
澁谷亮　白川武史　谷元紀幸
谷元美代子　辻田和則　豊田秀明
友次康裕　ナオシバ　西村綾子
西村寛和　西村光夫　西本育子
二村純子　萩原美奈子　東崇博
久次敏夫　平山直樹　福井弘高
福井睦明　日花京子　福本正馬
別府義昭　松井佐彦　松澤秀夫
村田浩之　森野茂生　八百与
山口晃司　山口浩次　山嵜智也
山崎正睦　山本進一

共催……………………………………………………………………………

石坂線21駅の顔づくりグループ　http://ishizaka21kao.jp/

電車と青春21文字プロジェクト　http://densyatoseisyun21.com/

協力……………………………………………………………………………

京阪電気鉄道株式会社大津鉄道部

青森県弘前市郷土文学館

秋田県横手市石坂洋次郎文学記念館

京都芸術デザイン専門学校　インテリアデザインコース

株式会社公募ガイド社

特別協賛…………………………………………………………………………

カルピス株式会社

コカ・コーラウエスト株式会社

江崎グリコ株式会社

大津パルコ

電車と青春　21文字のメッセージ2015

〜涙・初恋〜

2015年3月10日発行

編集・発行／石坂線21駅の顔づくりグループ

〒520-0002

滋賀県大津市際川3丁目36-10

発　　売／サンライズ出版

滋賀県彦根市鳥居本町655-1

http://www.sunrise-pub.co.jp/

TEL0749-22-0627　〒522-0004

印　　刷／サンライズ出版

ISBN978-4-88325-561-0

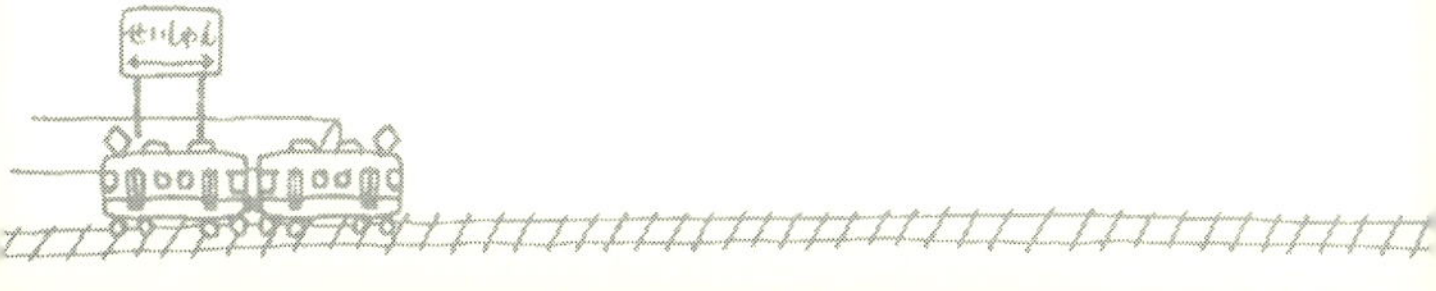